Les dragons de Nalsara
7

• Le secret des magiciennes •

L'auteur : Marie-Hélène Delval est auteur
de nombreux romans et histoires pour la jeunesse,
publiés aux éditions Bayard Jeunesse, Flammarion…
Pour Bayard, elle est également traductrice
de l'anglais (les séries L'Épouvanteur
et La cabane magique, *L'Aîné…*).
C'est une passionnée de «littérature de l'Imaginaire»
et –bien sûr– de fantasy !

L'illustrateur : Alban Marilleau a étudié
à l'École Supérieure de l'Image d'Angoulême.
Depuis, il illustre des albums, de la bande dessinée,
et travaille pour Bayard Presse.
Ses ouvrages sont notamment publiés
aux éditions Nathan et Larousse. Pour représenter
l'univers magique des dragons de Nalsara,
il s'est inspiré des ambiances qu'il fréquentait
déjà enfant, dans les romans de Tolkien.

© 2009, Bayard Éditions
Dépôt légal : octobre 2009
ISBN : 978-2-7470-2883-7
Loi n°49-956 du 16 juillet 1949 sur les publications à destination de la jeunesse.

Imprimé en Allemagne par CPI - Clausen & Bosse

Marie-Hélène Delval

• Le secret des magiciennes •

Illustrations d'Alban Marilleau

bayard jeunesse

Les dragons de Nalsara

Cette histoire se passe au royaume
d'Ombrune, sous le règne du roi Bertram.
À deux heures de bateau du port de Nalsara,
la capitale, s'élève l'île aux Dragons.
On l'appelle ainsi car, tous les neuf ans,
deux ou trois dragonnes sauvages
viennent y déposer leur œuf.
C'est là que vit Antos, le Grand Éleveur
de dragons, avec ses enfants, Cham et Nyne.

Résumé de l'épisode précédent
La colère de la strige

Par une belle matinée de novembre, un curieux nuage noir survole l'île aux Dragons : c'est sûrement la strige ! En effet, le miroir de Nyne apprend aux enfants qu'ils sont en danger : depuis qu'ils ont empêché Darkat d'enlever le roi, le sorcier cherche à se venger. Heureusement, *Le Livre des Secrets* leur révèle une formule pour appeler les dragons. Les puissantes créatures sauront sans doute les protéger.

Pendant ce temps, au pays des Addraks, les sorciers tiennent conseil. Ils interdisent à Darkat d'éliminer les enfants : le fils et la fille de Dhydra pourraient être utiles à leurs projets. Le jeune homme se soumet, mais il est toujours habité par de noires pensées. La strige, sa créature, le sent. La strige sait que son maître veut la mort du garçon. Elle réussit à échapper au sortilège qui la tient enfermée, vole vers l'île et tente d'enlever Cham. Les enfants appellent les dragons à la rescousse. Selka est parmi eux. Mais c'est Cham qui doit prononcer les deux mots magiques capables de chasser la strige, les mots mystérieux qu'il a déjà lancés, pendant son premier combat contre le monstre : *horlor gorom !*

Une fois de plus, la strige est vaincue, et la paix revient sur l'île aux Dragons.

Une chouette blanche

L'hiver est là. Un matin, l'île aux Dragons se réveille sous la neige. Cham et Nyne se précipitent dans la cour avec des cris de joie. Leur père doit se fâcher pour qu'ils rentrent prendre leur petit déjeuner.

En finissant leurs tartines, ils demandent:

— Papa, quand on aura nourri les poules et les cochons, on pourra aller faire des glissades sur la colline?

— Oh oui, papa! S'il te plaît!

Au royaume d'Ombrune, la neige est rare; il n'en tombe que sur les pentes des montagnes du Nord, et presque jamais sur l'île, située au large de la côte sud. Antos se souvient que lui-même, lorsqu'il était gamin, adorait jouer dans cette belle et froide poudre blanche. Prenant un air faussement sévère, il objecte :

— Vous ne deviez pas travailler un peu le calcul et l'orthographe, ce matin ?

— Oh... euh..., bredouille Cham. On aura bien le temps en fin d'après-midi.

— C'est vrai, renchérit Nyne, la nuit tombe si tôt, en ce moment !

L'éleveur de dragons éclate de rire :

— Allons, je vous taquine ! Pour une fois, je vais même m'occuper de la basse-cour et de la porcherie à votre place. Habillez-vous chaudement et filez !

— Oui, papa !

— Merci, papa !

Emmitouflés dans leur pèlerine, des moufles aux mains et une écharpe autour du cou, les enfants escaladent la colline. Ils tirent derrière eux une planche à laquelle ils ont attaché une corde. Sur cette luge improvisée, ils entament une folle partie de glissades. L'air est si clair que leurs éclats de rire résonnent aux quatre coins de l'île.

Au bout d'un moment, ils sont hors d'haleine. Les joues rougies, les doigts picotés par le froid, ils se laissent tomber au pied d'un arbre dénudé.

Soudain, un bruissement d'ailes attire leur attention. Ils lèvent le nez.

Un gros oiseau blanc vient de se poser sur une branche basse. Inclinant sa tête carrée, il les observe de ses yeux ronds. Puis il lance un drôle de cri : « Hou, hou ! Hou, hou ! »

— Qu'est-ce que c'est ? chuchote Nyne.

Ce ululement a fait courir un frisson le long de sa nuque.

— Ça ressemble à une chouette, répond Cham. C'est bizarre, je n'en ai jamais vu, sur l'île.

— Une chouette ? Mais… je croyais que ces bêtes ne chassaient que la nuit. C'est ce que j'ai lu dans notre livre sur les animaux.

— Oh, ça dépend des espèces…

«Hou, hou! Hou, hou!» reprend l'oiseau.

Il agite un peu les ailes, cligne des paupières et s'immobilise, la tête penchée de l'autre côté.

Nyne se relève avec précaution, pour ne pas l'effrayer. La petite fille est intriguée : la chouette a l'air d'attendre quelque chose.

– Qu'est-ce que tu veux, toi ?

Nyne a parlé tout bas, comme pour elle-même. Pourtant, le volatile semble avoir compris. Il répond doucement : «Hou, hou!»

Cham se met debout à son tour. Ce qui se passe là n'est pas naturel. Cette chouette sortie de nulle part, aussi blanche que la neige, aurait-elle traversé la mer pour voler jusqu'à l'île ? Cela paraît impossible : la distance est bien trop grande. Les chouettes ne sont pas des alcyons voyageurs. Alors ?

De nouveau l'oiseau bat des ailes, il se secoue. Et un éclair argenté s'allume sur son poitrail.

– Oh… ! fait Nyne.

La chouette porte autour du cou une mince chaîne, à demi dissimulée dans son plumage. Un petit cylindre de métal y est suspendu.

— Un message ! devine la fillette.

Lentement, très lentement, elle tend la main. La chouette ne bouge pas. Les doigts de Nyne touchent les plumes tièdes. Derrière elle, son frère ose à peine respirer.

Lentement, très lentement, Nyne saisit la chaîne. L'oiseau l'aide en baissant la tête.

L'instant d'après, la petite fille tient le cylindre entre ses doigts.

— Merci, belle messagère ! murmure-t-elle.

« Hou, hou ! » répond la chouette.

Et, d'un coup d'ailes, elle s'envole. Les enfants la suivent du regard, jusqu'à ce qu'elle ait disparu, blanche contre le ciel blanc.

— Elle se dirige vers la mer, constate Cham, troublé. Elle ne niche pas dans l'île. D'où peut-elle bien venir ? Et qui l'a envoyée ?

Nyne a déjà ouvert le cylindre. Elle en tire un mince papier enroulé, qu'elle aplatit avec soin contre sa paume. Elle distingue alors des lettres minuscules et observe :

—C'est écrit à l'envers. Rentrons vite, Cham ! On va avoir besoin de mon miroir.

—J'espère que ce n'est pas encore une langue incompréhensible, grommelle le garçon.

Abandonnant dans la neige la planche qui leur a servi de luge, ils courent à toutes jambes vers la maison.

Un étonnant message

—Papa est dans la bergerie, remarque Cham. Profitons-en !

De nouveau, les enfants préfèrent laisser leur père à l'écart de cette histoire. C'est à eux que la mystérieuse chouette blanche a apporté le papier. C'est donc à eux seuls que s'adresse le message.

Ils grimpent en vitesse dans la chambre de Nyne. Celle-ci tire le miroir de son sachet de velours. Chaque fois qu'elle le prend dans ses mains, elle se souvient de messire Damian. Le plus vieux des dragonniers lui a remis l'objet, que lui-même avait reçu de Dhydra.

« Notre maman… », songe-t-elle.

Ce miroir est l'unique lien qui la relie à sa mère. Elle était bébé lorsque celle-ci a disparu ; elle n'a d'elle aucun souvenir. Mais, quand elle utilise cet objet, il lui semble sentir l'esprit de sa mère palpiter en lui.

Tandis que la petite fille tient le papier déroulé du bout des doigts, son frère tend le miroir. La surface de verre réfléchit le texte :

Enfants chéris,
ne montrez pas trop vos pouvoirs !
Les Addraks vous détruiraient.
D.

– Ooooooh ! soufflent Cham et Nyne d'une seule voix.

Le sens de ces deux phrases ne les a pas vraiment frappés. Une seule chose les bouleverse : ce message a été écrit par leur mère ! Elle seule peut les appeler « enfants chéris ». Et ce « D » est l'initiale de son prénom.

La gorge serrée par l'émotion, le frère et la sœur échangent un long regard.

– La femme qui vient voir Otéron, le nicampe, au Château Roc, murmure enfin le garçon, c'est maman !

Certes, Cham l'avait compris depuis longtemps, depuis leur passage sur l'Île-Qui-N'a-Pas-De-Nom, depuis la nuit des élusims, même s'il n'osait pas y croire tout à fait. À présent, il en a la certitude : Dhydra est vivante ! C'est elle qui leur a envoyé *Le Livre des Secrets* ! Et c'est elle qui…

D'une voix hésitante, Nyne demande :

— On le dit à papa ?

Cham secoue la tête :

— Non. Pas maintenant. On ne sait pas où elle est, on ne sait pas pourquoi elle a disparu. Ça va le rendre fou. Essayons d'abord de percer tous ces mystères.

— Oui, mais comment ?

— Je ne sais pas, Nyne.

— Moi non plus, soupire la petite fille. Ça fait beaucoup de choses qu'on ne sait pas…

Soudain, Cham se rappelle les mots du message.

— Les Addraks ! s'écrie-t-il. « Les Addraks vous détruiraient. » Ils ont déjà essayé ! Rappelle-toi la tempête maléfique, quand on est revenus de Nalsara, après les fêtes royales ! On aurait péri si les élusims ne nous avaient pas protégés. Ensuite, la strige a voulu m'enlever, il y a deux mois ! Par chance, les dragons sont intervenus.

Cham songe :

« Et ce sont encore ces deux mots mystérieux qui ont fait fuir la strige : *horlor gorom*. Je me demande ce qu'ils signifient… »

Sa sœur continue :

— Tout de même, je ne comprends pas… Pourquoi notre mère écrit-elle qu'on ne doit pas montrer nos pouvoirs ? Quels pouvoirs ? Darkat en a ; Isendrine et Mélisande, les magiciennes, en ont aussi. Pas nous.

— Nyne ! Tu communiques avec les élusims, moi avec les dragons. Le miroir te révèle des vérités cachées ; le cristal-qui-voit me montre des événements passés ou futurs. Et *Le Livre des Secrets* ? Les paroles qui nous ont permis de renvoyer la Kralaane au fond de la mer ? La formule pour appeler les dragons ? Ce ne sont pas des pouvoirs, ça ?

La petite fille lève sur son frère un regard anxieux :

— J'ai peur, Cham.

— Moi aussi. Un peu. Mais…

Ouvrant les bras, il déclare :

— Mais c'est formidable, tu ne trouves pas ?

On va faire de grandes choses, nous deux, tu vas voir! Et, pour commencer, on va délivrer maman!

—La délivrer?

—Oui! Tu te souviens de ce qu'a dit le nicampe, avec sa drôle de façon de parler: «Otéron croit qu'*Elle* s'échappe.» Notre mère est donc enfermée, prisonnière des Addraks, peut-être. Otéron a dit aussi qu'elle repartait très vite du Château Roc, et qu'elle semblait effrayée. Elle craint à chaque fois qu'on découvre son absence, je suppose. Elle serait… punie ou je ne sais quoi.

—Et, de sa prison, elle nous a envoyé une messagère, la chouette blanche. Elle l'a sans doute apprivoisée.

—Oui, et maman a des pouvoirs, elle aussi. Pense aux mots qui apparaissent par magie sur *Le Livre des Secrets*! Elle nous demande d'être prudents; en même temps, je crois qu'elle a besoin de notre aide. À nous trois, on réussira, j'en suis sûr! Maman sera libérée.

Nyne acquiesce, un peu ragaillardie. Puis elle s'exclame :

— Seulement, elle est où, cette prison ?

— C'est ce qu'on va découvrir, affirme Cham. Ton miroir et mon cristal-qui-voit nous aideront peut-être à…

La voix de leur père, qui les appelle d'en bas, interrompt leur discussion :

— Cham ? Nyne ? Vous êtes rentrés ? C'est l'heure de préparer le déjeuner !

— On arrive, papa ! lancent-ils en même temps.

Avant de descendre l'escalier, Cham met un doigt sur sa bouche. Nyne hoche la tête. Ils sont d'accord : comme d'habitude, tout cela restera leur secret. Pour le moment…

Une tour mystérieuse

La journée paraît interminable aux enfants. Ils s'acquittent de leurs tâches de l'après-midi : Nyne soigne ses lapins, Cham aide son père à la bergerie. Puis, avant le repas du soir, le frère et la sœur se mettent à leurs exercices de calcul et d'orthographe, comme ils l'ont promis.

Seulement, ils ont la tête ailleurs. L'un comme l'autre, ils ne cessent de penser au message de la chouette blanche, à leur mère prisonnière. Ce secret est lourd à porter !

Antos se fâche un peu :

—Cham! Un adjectif, ça s'accorde en genre et en nombre avec le nom qu'il qualifie. Nyne, ton addition est fausse. Tu as encore oublié la retenue.

Tous deux opinent de la tête, confus et troublés. Si leur père savait! Il ne prêterait plus aucune attention aux accords et aux retenues, c'est sûr!

À l'heure du souper, l'éleveur de dragons trouve ses enfants bien silencieux:

—Vous n'êtes pas bavards, aujourd'hui. C'est ce temps de neige qui vous endort?

—Oh non, mais… On a tellement joué sur la colline, ce matin, que…

—Oui, on s'est fabriqué une luge, et…

Cham et Nyne s'embarquent dans un récit enthousiaste. Ils en rajoutent un peu pour paraître plus convaincants. À la fin, Antos sourit:

—Vous avez eu raison d'en profiter! La neige ne tient jamais longtemps sur l'île. Demain, elle aura sûrement fondu; je compte sur vous pour m'aider à arracher les derniers plants de choux.

Ils acquiescent, débarrassent la table, essuient la vaisselle.

Après quoi, Cham propose :

— Une petite partie de dominos, Nyne ?

Sa sœur lui jette un regard interloqué. Elle comprend alors qu'il a lancé ça pour avoir l'air « comme d'habitude ». Elle répond :

— Oh non ! Pas ce soir, Cham. Je suis trop fatiguée.

— À vrai dire, déclare le garçon, moi aussi. Je vais me mettre au lit.

Ils embrassent leur père, s'emparent d'un chandelier et s'engagent dans l'escalier avec des bâillements exagérés. En fait, ni l'un ni l'autre n'a envie de dormir. Ils ont hâte de se retrouver pour discuter.

Arrivés à l'étage, ils disent bien fort :

— Bonne nuit, Cham !

— Bonne nuit, Nyne !

D'en bas, Antos entend les portes des chambres se refermer. Il ne se doute pas que Cham est entré sur la pointe des pieds dans celle de sa sœur.

Nyne sort de sa cachette – sous une pile de mouchoirs – le mince papier apporté par la chouette blanche. Elle s'empare de son miroir et, à la lumière tremblante de la bougie, les deux enfants relisent les mots tracés en minuscules caractères :

Enfants chéris,

ne montrez pas trop vos pouvoirs !

Les Addraks vous détruiraient.

D.

Et, de nouveau, l'émotion leur serre la gorge.

– Bon, soupire enfin Nyne. Comment allons-nous délivrer maman ?

– Seuls, on n'arrivera à rien, admet Cham. Il nous faut de l'aide. Avec la formule pour appeler les dragons, je peux alerter Nour ou Selka.

– Et moi, en me concentrant très fort, je réussirai peut-être à prévenir Vag.

Ils restent songeurs un moment. Puis Cham reprend :

– Mais, tant qu'on ne sait pas où maman est emprisonnée, ça ne sert à rien. C'est le moment d'interroger le miroir et le cristal-qui-voit, tu ne penses pas ?

Le miroir est là, dans la main de Nyne. Elle le pose sur sa paume et le tient à plat devant elle. Épaule contre épaule, les enfants se penchent pour regarder la surface de verre. D'abord, ils n'y voient que leur propre reflet. Puis une brume l'envahit. Le frère et la sœur retiennent leur souffle.

La brume s'effiloche, et une masse sombre se découpe sur un fond de ciel gris. On dirait…

– Une tour ! murmure Cham.

L'apparition ne dure qu'un bref instant. Une nuée noire recouvre l'image, qui s'efface. Le miroir réfléchit à nouveau deux petits visages anxieux. Cham sent un frisson de peur le parcourir. Il dit tout bas :

– Cette nuée…, ça ressemblait à la strige. Darkat le sorcier ne veut pas qu'on sache où maman est enfermée.

– Tu crois que… qu'il sait ce qu'on fait ? balbutie Nyne, effrayée. Tu crois qu'il… nous voit ?

Le garçon secoue la tête :

– Possible… À moins que ce soit un simple sortilège de protection, qui se déclenche automatiquement si quelqu'un tente d'observer cette tour.

– En tout cas, commente la petite fille, c'était la tour d'un château.

– Oui, une forteresse située dans le pays des Addraks, j'en suis sûr.

– Ça veut dire que c'est très loin ! Au nord du royaume, de l'autre côté de la frontière ! Comment irons-nous là-bas ? On ne réussira jamais, Cham !

– Interrogeons au moins le cristal-qui-voit.

Un sage conseil

Les enfants passent de la chambre de Nyne à celle de Cham en prenant garde de ne pas faire grincer les portes. Il y a peu de risques que leur père, qui couche au rez-de-chaussée, les surprenne, mais on ne sait jamais !

Cham sort du bas de son armoire le lourd coffret de plomb et prononce la formule d'ouverture :

– *Effractet !*

Le couvercle se soulève, et la boule magique apparaît sur son écrin de velours. Cham la prend dans ses mains, l'élève devant lui. Depuis le jour où messire Damian lui en a fait cadeau, elle ne lui a pas offert de nouvelle vision. Va-t-elle lui montrer quelque chose, cette nuit ?

Le garçon scrute le verre, plein d'espoir. Les minutes s'écoulent, et rien ne se passe.

– Ça ne marche pas..., grommelle Nyne. Tu es sûr qu'il ne faut pas prononcer une parole, ou quelque chose ?

Cham hausse les épaules, agacé :

– Tu lui parles, toi, à ton miroir, pour qu'il te montre des trucs ? Non ! Alors...

– Bon, bon ! Ne te fâche pas ! On est sans doute trop impatients. Si la boule de verre ne réagit pas, c'est que ce n'est pas le moment, voilà tout.

Le garçon repose l'objet dans son écrin en soupirant :

– Tu as raison. Il ne nous reste que *Le Livre des Secrets*. On regarde ?

Cham tire le volume de son tiroir. La première page porte toujours le titre, suivi de son sous-titre : *Formules utiles, sages conseils et avertissements*. Sur la deuxième, ce sont les paroles qui ont servi à renvoyer la Kralaane dans les profondeurs. Sur la troisième, il y a la formule pour appeler les dragons.

Le garçon sent son cœur battre à grands coups : par l'intermédiaire du livre, leur mère va leur annoncer quelque chose de très important, c'est sûr !

Il tourne la page, et... un texte apparaît !

Cette fois, il n'est pas écrit à l'envers ; il est facile à déchiffrer :

Au lit, les enfants !
Il est grand temps d'aller dormir !

Ils restent un instant bouche bée, puis ils pouffent de rire. Mais les larmes leur sont montées aux yeux. Même si leur mère est gardée prisonnière, peut-être à des milles de là, elle a trouvé le moyen d'être auprès d'eux : elle leur a envoyé la chouette blanche, elle leur a donné *Le Livre des Secrets*.

– Maman a raison, reconnaît Nyne. C'est un sage conseil...

Cham passe doucement le doigt sur les mots apparus par magie. Puis il murmure :

– Bonne nuit, maman !

Au même instant, très loin de l'île aux Dragons, une jeune femme aux longs cheveux noirs se tient debout dans une cellule obscure. À travers les barreaux d'une étroite fenêtre, elle contemple un rectangle de nuit étoilée. Un rayon de lune rend plus éclatante encore la peau si pâle de son visage. Et elle sourit tristement : c'est la première fois que, sous la forme d'une chouette blanche, elle a osé parcourir une telle distance ! Jusqu'alors, elle n'avait volé que jusqu'au Château Roc – l'Île-Qui-N'a-Pas-De-Nom est toute proche, et les Addraks ne connaissent pas l'existence de ce lieu protégé par les élusims. Chaque fois, la prisonnière était très vite rentrée, de peur que l'on découvre son absence. Puis Otéron, le fidèle nicampe, lui a appris que les enfants étaient venus, qu'il leur avait remis *Le Livre des Secrets*. Elle a ressenti une joie immense.

«Enfants chéris, songe-t-elle, avez-vous compris que ce livre, c'est moi qui l'ai conçu pour vous ?»

Le papier de ses pages, le cuir de sa couverture, l'encre noire de ses textes, elle les a créés par magie, à la force de son esprit. Il suffirait de presque rien pour que tout disparaisse. Mais Dhydra tient bon ; elle dissimule l'étendue de ses pouvoirs à Darkat et aux autres sorciers addraks qui la gardent enfermée. Aujourd'hui, pourtant, elle a couru un risque insensé. Elle est sortie de son cachot beaucoup trop longtemps.

«Vous revoir, mes petits, ne serait-ce qu'un instant ! Mon désir était trop fort !»

Elle ne doit plus se montrer aussi imprudente. Elle doit résister à la tentation de s'échapper et de ne pas revenir. Les Addraks seraient sans pitié : Antos, Cham et Nyne, ses bien-aimés, paieraient à sa place. Quant à elle, les sorciers finiraient par la reprendre et l'obligeraient à se soumettre. Ils la force-raient à leur amener des dragons et à les asservir. Ils savent qu'elle a le don de leur *parler*. Si, en plus de la strige, l'armée des Addraks comptait une troupe de dragons, elle anéantirait le royaume d'Ombrune.

« Jamais ! se jure la jeune femme. Jamais ! Je mourrai plutôt entre les murs de cette prison… ! »

Voilà bientôt neuf ans que Dhydra résiste, depuis le jour terrible – un jour de grande tempête – où la strige l'a enlevée, sur la falaise. À présent, ses enfants sont assez grands pour l'aider. Même si elle craint de les mettre en danger, elle sait que, bientôt, elle aura besoin d'eux…

5

Un visiteur inattendu

Le lendemain, en ramassant les œufs au poulailler, Nyne et Cham reprennent la discussion interrompue la veille.

– Il y a quelque chose que je ne comprends pas, commence la petite fille. Puisque maman communique avec les dragons, pourquoi ne les a-t-elle pas appelés à son secours ? Elle connaît la formule ! Ils auraient pu la délivrer.

– Peut-être est-ce trop loin du Royaume des Dragons, là où elle est enfermée ?

– Peut-être…

Après un instant de réflexion, Cham poursuit :

— Si c'est bien maman qui a apporté *Le Livre des Secrets* au Château Roc, les élusims doivent être au courant. Pourquoi ton ami Vag ne t'a-t-il rien dit ?

— Je n'en sais rien, soupire Nyne. De toute façon, ça ne sert pas à grand-chose de ressasser toutes ces questions. Imaginons plutôt un plan pour délivrer maman.

— Excellente idée, fait le garçon, railleur. Qu'est-ce que tu proposes, toi qui es si maligne ?

— Ne te moque pas, Cham ! Je réfléchis seulement à une solution. Si on essayait d'alerter les seules créatures capables de nous aider ? On connaît la formule pour...

Un appel d'Antos la coupe au milieu de sa phrase :

— Cham ! Nyne ! Venez vite !

Il y a de l'étonnement et de l'excitation dans la voix de leur père. Les enfants le rejoignent en hâte dans la cour.

Antos leur désigne une créature volante,

qui grossit dans le ciel. Un dragon! Et il se dirige droit vers l'île! Cham le reconnaît de loin.

– Nour… ! murmure-t-il.

Le jeune dragon a-t-il lu dans son esprit? Vient-il à leur aide? Le garçon s'aperçoit alors qu'un dragonnier le chevauche. Nour a un nouveau maître. Bien sûr. C'était prévu, depuis la fuite de Darkat, le sorcier. Il n'empêche; Cham ressent un bref pincement de jalousie.

Le dragon se pose au milieu de la cour dans un grand brassage d'air. Le garçon s'élance vers les arrivants.

Le dragonnier, enveloppé dans une épaisse cape de cuir doublée de fourrure, a déjà mis pied à terre, et Cham se souvient des paroles de Nour, après les événements au palais: «Il y a un écuyer de dix-huit ans qui a achevé sa formation et n'attend que l'occasion d'avoir son dragon…»

Le jeune homme rejette sa capuche en arrière, découvrant une longue chevelure blonde. Il s'incline devant Antos:

– Grand Éleveur! Je m'appelle Yénor. Notre Maître Dragonnier, messire Onys, m'a chargé de vous porter un message de la plus haute importance.

Il sort de sa ceinture un rouleau de papier fermé d'un sceau et ajoute :

– Cela concerne votre fils.

– Cham? s'étonne Antos.

– Moi? lâche le garçon.

– Oh… ! fait seulement Nyne.

Pourquoi son frère et pas elle? Tout ça ne lui dit rien de bon…

Antos a invité le jeune dragonnier à venir se réchauffer dans la cuisine. Tandis que celui-ci souffle sur un bol de tisane fumante, l'éleveur de dragons prend connaissance du message. À ses côtés, Cham attend avec nervosité.

« C'est bizarre. Pourquoi messire Onys n'a-t-il pas plutôt envoyé un alcyon voyageur? » songe-t-il.

Lorsque Antos a fini de lire, il pose sur son fils un regard perplexe :

—Tu es attendu au palais, Cham. Les magiciennes ont besoin de toi.

—Isendrine et Mélisande ?

—Elles-mêmes. Il est écrit aussi que tu dois emporter le cristal-qui-voit. Tu sais de quoi il s'agit ?

—Oh, je… Oui, papa. Je ne t'en ai pas parlé, parce que… C'est un objet que m'a donné messire Damian.

—Ah ! fait Antos.

Décidément, ses enfants lui cachent bien des choses, depuis quelque temps…

Avec un soupir, il conclut :

—Il faut obéir à messire Onys, Cham. Il précise que tu voyageras avec ce dragon-nier ; c'est le moyen le plus rapide pour te rendre au palais.

—Ça veut dire que… je vais partir à dos de dragon ? balbutie le garçon, déjà tout excité.

—N'aie aucune crainte, petit, intervient Yénor. Nour a un vol très souple, tu verras.

Cham lui jette un regard furibond : comme s'il n'avait jamais chevauché de dragons ! Et s'entendre traiter de « petit » par ce freluquet à peine plus âgé que lui l'irrite au plus haut point. Il réplique sèchement :

— Je suis déjà monté sur le dos de Nour. Au jubilé du roi. Nous avons même combattu un sorcier addrak ensemble.

— Oh ! souffle le jeune homme, rougissant. Pardonne-moi, messire Onys ne m'a pas mis au courant. Je comprends mieux pourquoi on a besoin de toi au palais. À la Dragonnerie royale, on parle beaucoup de ce garçon « qui deviendra un jour un grand dragonnier ». Alors, c'est toi !

Cham opine de la tête. Il trouve tout à coup ce Yénor nettement plus sympathique. Puis une chose le frappe : Nour ! Le jeune dragon s'appelle toujours Nour ! Son nouveau maître n'aurait-il pas dû lui donner un nom ? Comment se fait-il qu'il ait justement choisi celui-là ?

La voix de son père le sort de ses réflexions :

— Eh bien, Cham, il va falloir t'équiper pour le départ.

Conversation dans les airs

Pour la deuxième fois en moins de quatre mois, Cham prépare ses bagages. Lui qui, depuis sa naissance, n'avait jamais quitté l'île aux Dragons ! Et il va effectuer la traversée sur le dos de Nour ! Pas en bateau ! Là, au moins, il est sûr de ne pas avoir le mal de mer.

Le garçon est si impatient qu'il en oublie les raisons de son voyage. Sa sœur se charge de les lui rappeler. Elle surgit dans la chambre et clame :

– Qu'est-ce qu'elles te veulent, les magiciennes ?

Agacé par cette intrusion, Cham hausse les épaules :

– Aucune idée !

– Tu crois que ça a un rapport avec… notre mère ?

La petite fille a prononcé ces derniers mots en baissant la voix.

– Écoute, Nyne, reprend le garçon plus doucement, je n'en sais pas plus que toi. À mon retour, je te raconterai tout en détail, promis !

Il s'aperçoit alors que sa sœur a les larmes aux yeux.

– Tu reviendras vite, hein ? murmure-t-elle. Et tu feras bien attention. S'il y a du danger…

Cham prend soudain conscience qu'ils n'ont encore jamais été séparés. Une bouffée de tendresse lui gonfle la poitrine. Ça leur arrive souvent de se chicaner, tous les deux. Pourtant, ils ne pourraient pas se passer l'un de l'autre. Du bout du doigt, le garçon caresse la joue de Nyne :

– N'aie pas peur, je serai prudent. Et puis,

au palais, il y aura des tas de gens pour me protéger : Isendrine et Mélisande, Hadal, messire Onys…

— Et même le roi Bertram ! ajoute la petite fille en souriant à travers ses larmes.

— Oui, même le roi !

Nyne aide son frère à plier quelques chemises et un pantalon dans une sacoche de cuir qu'Antos a sortie d'un placard pour l'occasion. Et elle court chercher des torchons à la cuisine pour emballer le lourd coffret de plomb qui protège la boule de verre.

« Donc, se dit Cham, les magiciennes connaissent l'existence du cristal-qui-voit… Pourquoi en ont-elles besoin, elles qui semblent avoir tant de pouvoirs ? »

Encore une question, qui s'ajoute à toutes les autres ! À celle-là, au moins, il espère avoir bientôt une réponse.

Quelques minutes plus tard, Cham est prêt pour le départ. Le jeune Yénor lui a apporté une cape semblable à la sienne, doublée de fourrure et munie d'une capuche. C'est qu'il ne fera pas chaud, dans les airs! En s'enveloppant dedans, le garçon respire sa forte odeur de cuir. Pour la première fois, le voilà équipé comme un dragonnier!

Nour s'accroupit. Yénor se met en selle, tend la main à Cham et le hisse devant lui.

— Au revoir, papa! Au revoir, Nyne! lance le garçon.

C'est à peine s'il écoute les dernières recommandations de son père et de sa sœur. Nour s'est ramassé sur lui-même. D'un puissant élan de ses pattes arrière, il se propulse en avant; il déploie ses ailes. L'instant d'après, il plane haut dans le ciel, au-dessus d'une mer étincelante. Et Cham ne pense plus qu'à profiter de ces moments uniques: il est de nouveau sur le dos d'un dragon, et il vole vers le palais du roi!

« Content de te revoir, petit maître », entend-il alors dans sa tête.

« Moi aussi, Nour! » répond-il en pensée, préférant que Yénor ne soit pas au courant de leur conversation.

Puis il demande :

« Dis-moi, comment se fait-il que tu t'appelles toujours Nour ? Ton nouveau dragonnier ne devait-il pas te donner un nom ? »

Il perçoit un gloussement amusé :

53

«Oh, il m'a suffi de le lui souffler! Il est persuadé de l'avoir choisi lui-même. Ce Yénor est un gentil garçon, mais il ne comprend que des bribes de mes discours! Il est pourtant très fier d'être l'un des rares dragonniers capables de *parler* avec sa monture! Je n'en ai rencontré aucun qui soit aussi doué que toi!»

Cham sourit, la tête enfouie dans sa capuche. Si un vent glacial lui gèle les joues, son cœur brûle de joie et de fierté.

«Et tu as voulu t'appeler Nour?» reprend-il.

«J'aime ce nom. Tu l'as bien choisi. Dans la langue des dragons, il signifie "le Vaillant".»

«Pourtant, je ne connais pas votre langue!»

«Va, tu en connais plus que tu ne le crois...!»

Cham se souvient alors de la formule pour faire venir les dragons. Il demande:

«*Straji*, ça ne veut pas dire "dragon", par hasard?»

«"Dragon" se dit *straj*, précise Nour. Au pluriel, *straji.* »

«Et *virnié nouri straji* ? »

«Devine ! »

«Hmmm… "Venez, vaillants dragons" ? »

«Gagné ! Tu vois, c'est facile… ! »

Ce que voit le cristal

Lorsque Nour se pose dans la vaste cour de la Dragonnerie royale, Cham reconnaît une silhouette familière, devant la poterne : Hadal !

Le secrétaire de messire Onys le salue de loin, d'un grand geste du bras, et le garçon songe avec un sourire :

« Il n'ose pas approcher, il a toujours aussi peur des dragons ! »

Dès que Nour s'est accroupi, Cham empoigne sa sacoche. Il saute à terre et court vers cet homme qu'il considère désormais comme un ami :

– Hadal !

– Content de te revoir, Cham ! Le vol s'est bien passé ?

– Très bien ! J'étais heureux de chevaucher Nour, même si je n'étais pas seul sur son dos…

– Toi et ta passion des dragons ! fait le secrétaire en riant. Mais viens, tu es attendu.

– Isendrine et Mélisande ?

– Oui. Les magiciennes sont en conférence avec messire Onys. Ce sont elles qui ont suggéré à notre Maître Dragonnier d'avoir recours à toi.

Cham est flatté, certes, mais il sent tout à coup un pincement d'inquiétude au milieu de son ventre. Sans ajouter un mot, il suit Hadal dans les somptueux corridors.

Le secrétaire introduit Cham dans le bureau du Maître Dragonnier. Le garçon admire de nouveau le haut plafond sculpté, la fenêtre donnant sur la dragonnerie, ainsi que les trois impressionnants personnages qui se tournent vers lui : messire Onys, beau vieillard à barbe blanche en combinaison de cuir, et les magiciennes. Laquelle est Isendrine? Laquelle est Mélisande? Sans doute sont-elles jumelles, car leur ressemblance est étonnante. Aujourd'hui, elles sont vêtues de longues robes soyeuses, couleur carmin, qui mettent en valeur leur souple et mince silhouette. Et leurs cheveux rouges sont tressés en une multitude de nattes, qui retombent dans leur dos jusqu'à frôler le sol. Leur regard intense se fixe sur le garçon. Intimidé, celui-ci s'incline avec raideur.

La voix chaleureuse de messire Onys le tire de son embarras:

– Cham! Merci d'avoir répondu à notre appel! As-tu apporté le cristal-qui-voit?

– Oui, messire. Il est dans mon sac, mais…

– Mais?

– Eh bien, le jour où messire Damian me l'a donné, j'y ai vu… euh… des choses. Depuis, plus rien.

L'une des magiciennes intervient alors:

– Le cristal voit ce qui est, ce qui a été ou ce qui sera…

–... et il le montre quand il juge le moment favorable, termine l'autre.

Leurs voix ont exactement le même timbre, clair, un peu chantant.

–Et, aujourd'hui, le moment...

–... est favorable.

Cham les dévisage, décontenancé. S'expriment-elles toujours ainsi ? Quand l'une commence une phrase, l'autre la finit ? Comme si leurs esprits ne faisaient qu'un ?

– Eh bien, mon garçon…

– … qu'attends-tu ?

S'il n'avait vu remuer leurs lèvres, Cham n'aurait su dire laquelle des deux a parlé. Il met un genou à terre, déboucle son sac et en sort le coffret emballé par sa sœur.

– Des torchons…

– … de cuisine ? font Isendrine et Mélisande.

Cham se demande si cela les amuse ou les contrarie. Il ôte vite l'enveloppe de tissu, pose le coffret sur les dalles et murmure :

– *Effractet !*

Le couvercle s'ouvre.

Le garçon interroge les magiciennes du regard, pensant que l'une ou l'autre va s'emparer de la boule de verre. Au lieu de ça, elles déclarent :

– Le cristal est à toi. Seules tes mains…

– … ont le droit de le toucher.

Cham entoure donc la boule de ses paumes et la leur présente.

– Relève-toi, petit, et tiens le cristal bien haut…

— … afin que nous voyions tous ce qu'il veut nous montrer !

Le garçon obéit.

Alors, comme le jour où messire Damian, le plus vieux des dragonniers, lui a fait cadeau de l'objet magique, Cham est emporté par un puissant souffle de vent. Mais, cette fois, au lieu de le propulser au sommet d'une montagne, il le dépose… dans la cour atte-nante à la buanderie du palais !

Là, une femme aux cheveux blancs, sa jupe de laine protégée par un tablier, accroche du linge sur un étendoir. Le garçon ressent aussitôt pour cette femme une tendresse inexplicable.

Les voix des magiciennes le tirent de sa contemplation :

— Viriana ! Faut-il donc déjà…

— … qu'elle dise ce qu'elle sait ?

Cham se retrouve dans le bureau, la boule de verre entre les doigts. Interloqué, il observe tour à tour messire Onys, Isendrine, Mélisande. Tous trois posent sur lui un regard grave.

Enfin, le Maître Dragonnier rompt le silence :

—Cham, le cristal ne se trompe jamais. Tu dois rencontrer cette femme. Elle a un secret à te révéler. Du jour où je vous ai connus, toi et ta sœur, j'ai su que vous auriez bientôt un rôle important à jouer pour la sécurité du royaume d'Ombrune. Il semble que le moment est venu.

Le récit de Viriana

Messire Onys envoie aussitôt un valet chercher Viriana. Cham attend son arrivée dans un état de grande exaltation : il s'agit d'un secret qui concerne sa mère, il en est sûr ! Une phrase de messire Damian, le plus vieux des dragonniers, qui avait bien connu Dhydra, lui revient en mémoire : « C'était une orpheline, qu'une brave servante du château avait adoptée… »

Quelques instants plus tard, la servante est là.

Le Maître Dragonnier l'accueille avec douceur :

—Approchez, Viriana, n'ayez pas peur. Il est temps de dire à ce jeune homme ce que vous savez.

Comme la femme se tourne vers le garçon, l'air interrogateur, celui-ci se présente :

—Je m'appelle Cham.

Puis il ajoute :

—Je suis le fils de Dhydra.

—Le fils de... Oh ! lâche la servante.

Messire Onys approche deux sièges de la cheminée ; il invite Cham et Viriana à s'asseoir. Lui-même et les magiciennes restent debout, un peu en arrière.

Lorsque la vieille femme est installée, elle reste d'abord muette, et le garçon n'ose interrompre le silence. Enfin, elle prend la parole :

—C'est moi qui ai élevé ta mère. Elle avait tout juste un an quand sa propre mère, Solveig, est arrivée ici. Dans quel état, la malheureuse !

Viriana plonge son regard dans les yeux de Cham :

—Je vais te révéler tes origines, mon
enfant. Je vais te conter l'histoire de
Solveig.

Et elle entame son récit :

—Solveig n'était qu'une fille de ferme, mais d'une grande beauté. Même lorsque je l'ai connue, amaigrie, épuisée, elle était encore très belle. C'est ce qui fit son malheur… Elle vivait dans les montagnes au nord du royaume, à quelques lieues seulement de la frontière avec le pays des Addraks.

—Le pays des Addraks… ! répète le garçon.

Viriana hoche la tête :

—Oui. Un jour, alors que la jeune fille menait son troupeau de chèvres, elle vit venir un homme à l'allure noble et fière, monté sur un superbe destrier noir. L'animal boitait légèrement. Or, Solveig avait un don, celui de comprendre les bêtes. Elle s'approcha, caressa les naseaux du cheval, qui souffla dans ses mains. Levant les yeux, elle s'adressa au cavalier : « *Votre cheval souffre, messire. Quand vous avez sauté le roncier, tout à l'heure, une épine s'est enfoncée dans son jarret. Me permettez-vous de la retirer ?* »

« *Comment sais-tu cela, belle demoiselle ?* » fit l'homme.

« *Il me l'a dit, messire.* »

« *Ainsi,* reprit le cavalier, *tu parles avec les bêtes ?* »

« *Mais... oui, messire.* » La chose lui semblait naturelle ; elle ne s'en était jamais étonnée.

Viriana marque une pause, puis elle reprend :

– La beauté de Solveig et ce don qu'elle avait séduisirent le mystérieux cavalier. Lui-même était beau : les cheveux noirs, la peau très blanche...

À ces mots, Cham est saisi d'une soudaine angoisse. Il pressent une chose terrible, qu'il préférerait ignorer...

– Le cavalier revint souvent. Il se montrait si tendre que Solveig, d'abord un peu effrayée, tomba vite amoureuse. Quand elle s'aperçut qu'elle attendait un enfant, elle n'osa le dire à son amant : elle ne connaissait de lui que son nom – Eddhor –, mais elle devinait que c'était un homme puissant; et elle n'était qu'une fille de ferme. Or, celui-ci remarqua aussitôt qu'elle était enceinte. Ce jour-là, il lui annonça : *« Tu ne me verras plus, jusqu'à ce que tu aies mis le bébé au monde. Alors, je reviendrai vous chercher toutes les deux. Et je vous emmènerai chez moi. J'ai de grands projets pour cette petite... »*

« Comment savez-vous que ce sera une fille ? » demanda-t-elle, troublée. Il eut un rire qui la fit frissonner : *« Je le sais, voilà tout. »* Il sauta sur son cheval noir et disparut au grand galop. Solveig pleura beaucoup. À la ferme, on la harcelait pour qu'elle révèle qui était le père de l'enfant, et elle refusait de répondre, car, en vérité, elle l'ignorait. Un jour, elle apprit par un colporteur qu'un puissant sorcier addrak circulait le long de la frontière, et que chacun devait se méfier de ses maléfices. À la description qu'en fit le marchand, elle comprit : c'était son mystérieux amant ! Cette nuit-là, elle accoucha d'une petite fille à la peau très blanche et aux épais cheveux noirs. Bien décidée à ce

que l'enfant ne tombe jamais entre les mains du sorcier, elle s'enfuit avant l'aube. Au bout d'un an d'un pénible voyage, elle arriva devant les murs de Nalsara. Le hasard voulut que je la trouve au bord du chemin. Elle n'eut que le temps de me raconter son histoire et de me confier le bébé avant de mourir d'épuisement.

Viriana se tait ; Cham reste muet de stupeur et d'effroi.

Dhydra, sa mère, la fille d'un sorcier addrak ? Ce n'est pas vrai ! Cela signifie que Nyne et lui… ont du sang addrak dans les veines !

La voix de messire Onys brise le silence, calme et rassurante :

—Ta mère était une grande magicienne, Cham. Isendrine, Mélisande, Viriana, messire Damian et moi-même étions les seuls à le savoir. Elle avait hérité des pouvoirs de son père et des dons de sa mère, et elle vous les a transmis, à toi et à ta sœur. Mais elle avait choisi le côté du bien, ne l'oublie jamais. La nouvelle de sa mort, il y a bientôt neuf ans, nous a causé une grande peine.

Alors Cham n'y tient plus.

— Maman n'est pas morte ! s'exclame-t-il. Elle est prisonnière des Addraks !

Le passage de la strige

– Dhydra ! Vivante et…

– … prisonnière ! s'écrient les magiciennes.

– Voilà pourquoi les présages nous ordonnaient…

– … de faire venir le garçon au palais !

– Est-ce possible ? souffle messire Onys. Nous pensions qu'elle avait été emportée par les flots lors d'une terrible tempête. Il est vrai que son corps n'a jamais été retrouvé…

Songeur, il ajoute :

— Et cela explique bien des choses. Les Addraks ont sûrement découvert de qui Dhydra est la fille. Sans doute veulent-ils se servir de ses dons pour quelque sinistre projet.

— Ils n'ont jamais renoncé..., commence Isendrine.

— ... à conquérir le royaume d'Ombrune, conclut Mélisande.

Le Maître Dragonnier approuve de la tête :

— Oui. Depuis qu'ils ont tenté d'enlever le roi, nous présagions qu'une guerre se préparait.

Se tournant vers Cham, il ajoute :

— Sois sans crainte, petit ! Nous ferons tout pour délivrer ta mère. Maintenant, va rejoindre Hadal ! Il a insisté pour que tu loges dans ses appartements ce soir. On t'y a dressé un lit.

— Oh... merci ! fait le garçon, encore abasourdi par ce qu'il vient d'entendre.

Cette fois, Hadal laisse volontiers Cham passer le reste de la journée à la dragon-nerie. Il sait que le garçon s'y sent bien. Et celui-ci s'empresse d'aller confier à Nour l'extraordinaire révélation de la servante :

– C'est terrible, Nour ! Je n'arrive pas à le croire. Je suis le petit-fils d'un Addrak...

« Tu es surtout le fils de ta mère, affirme le jeune dragon. C'est cela, l'important. »

Le soir tombe sur le territoire des Addraks. Des pas résonnent dans l'escalier de pierre d'une haute tour noire. Une clé tourne dans une serrure. Un homme entre dans le cachot où est enfermée la prison-nière :

– Bonsoir, Dhydra !

La femme dévisage l'arrivant et lâche, ironique :

– Darkat ! Qu'est-ce qui me vaut le plaisir de ta visite ?

Leur ressemblance est frappante. Ces cheveux si noirs, cette peau si blanche... D'un ton doucereux, le jeune sorcier déclare :

– Sais-tu que ton gamin devient très inté-
ressant ? Ce petit est aussi talentueux que sa
mère ! Cela me peine, vraiment, de vous
voir séparés depuis si longtemps. Tu te

réjouiras, j'en suis sûr, d'apprendre qu'il sera bientôt ici, près de toi ! Ainsi en a finalement décidé le Conseil des Sorciers !

– Cham ? Tu… ? Laisse-le en paix ! Il ne te servira à rien, il est bien trop jeune !

– Oh, je ne compte pas encore tirer parti de ses pouvoirs. C'est un peu trop tôt, je te l'accorde. Par contre, que ne ferait une mère pour protéger son fils ? Car il sera en danger, Dhydra, en grand danger, si tu persistes à refuser d'appeler les dragons et de les soumettre ! L'armée des Addraks a besoin de dragons ; tu le sais, et tu ne nous aides en rien. Ce n'est pas bien de s'opposer ainsi à sa famille.

– Vous n'êtes pas ma famille ! gronde la prisonnière.

Darkat lève les bras en un geste d'apaisement :

– Soit ! Ta mère n'était pas des nôtres. Mais tu n'as donc aucun respect envers la mémoire d'Eddhor, notre valeureux père ? Et tu ne voudrais pas qu'on fasse du mal à ton petit, j'en suis sûr. Tu appelleras les

dragons. Tu le feras, n'est-ce pas, ma chère
sœur… ?

Ce soir-là, Cham a du mal à trouver le
sommeil. Dans le lit voisin, Hadal respire
calmement, et cette présence familière le
réconforte un peu.

Sans doute le garçon a-t-il fini par s'en-
dormir, car, au milieu de la nuit, une voix
résonne dans sa tête et le réveille en sursaut :

« Tu es en danger, petit maître. Rejoins-
moi ! Vite ! »

Cham se dresse sur son matelas, hébété.
Hadal dort. Il n'y a personne d'autre dans la
chambre. Pas de doute, c'est un appel de
Nour !

Sans hésiter, le garçon se lève. Il enfile
ses bottes, s'enveloppe en hâte dans la cape
que Yénor lui a laissée et sort sans bruit.

Il connaît assez, à présent, le dédale des
corridors et des escaliers pour retrouver sans
peine le chemin de la dragonnerie. Par
chance, des torches éclairent la cour, car la
nuit est d'un noir d'encre.

Dès que le garçon entre dans la stalle de Nour, celui-ci lui annonce :

« La strige te cherche. Elle te croit dans la chambre du secrétaire. Blottis-toi entre mes pattes, elle ne te trouvera pas. »

— Mais… Hadal ?

« Ne t'inquiète pas pour lui. C'est toi qu'elle veut. »

Cham perçoit alors un grondement lointain. Le tonnerre ? Ou bien… ?

Quelques secondes plus tard, un orage effroyable se déchaîne au-dessus du palais. Le vent hurle comme un million de démons furieux, des éclairs aveuglants déchirent l'obscurité. Pelotonné sous le ventre du dragon, le garçon ose à peine respirer. À plusieurs reprises, il croit sentir passer sur lui l'aile glacée d'une créature de ténèbres. Enfin, cela s'éloigne. L'orage cesse aussi brutalement qu'il a éclaté. Combien de temps a-t-il duré ? Cham ne saurait le dire. Il s'extirpe de sa cachette.

« Attends, petit maître ! proteste Nour. Ne sors pas trop tôt ! Si jamais… »

Cham ne l'écoute pas, il bondit dans la cour. Il a juste le temps d'apercevoir une monstrueuse masse noire, qui disparaît au loin avec un sifflement de frustration. De nouveau les étoiles clignotent dans le ciel clair. La strige est partie.

La menace des Addraks

Oui, la strige est partie, mais Hadal? Il était dans la chambre, lui… Fou d'inquiétude, Cham traverse la cour, gravit les marches quatre à quatre, remonte les couloirs au galop.

Lorsqu'il surgit sur le seuil de la pièce, hors d'haleine, il remarque d'un seul coup d'œil la fenêtre arrachée, le lit défait et un corps à terre.

– Hadal!

Le malheureux gît sur le plancher. Cependant, deux silhouettes attentives sont déjà penchées sur lui. Les magiciennes !

— N'aie crainte, petit, commence Isendrine. Il est juste un peu secoué, et nous connaissons…

— … d'excellents sorts de guérison, termine Mélisande.

— C'était la strige ! lâche Cham. Nour m'a prévenu à temps. Sans lui…

Les magiciennes hochent la tête avec un ensemble parfait :

— La strige te croyait dans cette chambre. Elle obéit aveuglément à son maître, mais…

— … elle n'a guère d'intelligence !

Désignant Hadal, toujours inconscient, elles ajoutent :

— C'est toi qu'elle voulait. Quand elle a compris son erreur…

— … elle l'a laissé retomber un peu trop brutalement !

Recouché dans son lit, soigné, Hadal dort jusqu'au matin. À son réveil, il ne se souvient de rien. Cham lui fait un rapide récit des événements de la nuit, en minimisant le danger qu'ils ont couru : inutile d'affoler le secrétaire !

La chambre est remise en ordre, les menuisiers du palais ont remplacé la fenêtre brisée. On pourrait croire que rien ne s'est passé. Cependant, messire Onys a de nouveau convoqué Cham et les magiciennes dans son bureau.

—Nous sommes inquiets pour toi, petit, avoue-t-il au garçon. Si les Addraks retiennent ta mère prisonnière, c'est qu'ils veulent se servir d'elle, de ses pouvoirs. Et je suppose qu'elle leur résiste.

—Si toi, son fils, tu étais entre leurs mains…, commence Isendrine.

— … elle serait contrainte de céder pour te protéger, conclut Mélisande.

Cham déglutit, la bouche sèche. Toutes ces histoires le dépassent. Lui, ce qu'il veut, c'est vivre auprès des dragons, devenir un jour dragonnier et… Oui, mais les dragonniers ne sont-ils pas des combattants ? Il se souvient de l'avoir expliqué fièrement à

Nyne, à l'époque où ils élevaient les deux dragonneaux : « En cas de guerre, les dragons sont un élément redoutable de l'armée royale ! » Or, les Addraks pourraient bien déclarer la guerre au royaume d'Ombrune.

Le garçon confie alors :

— Dans le message que maman nous a fait parvenir, à Nyne et à moi, elle nous recommandait de ne pas montrer nos pouvoirs, de peur que les Addraks nous détruisent.

Messire Onys secoue la tête :

— Non, vous êtes trop précieux pour eux. Cette nuit, ils n'ont pas tenté de te tuer, mais de t'enlever, j'en suis persuadé. Pour obliger ta mère à leur obéir.

De leurs voix si semblables, les magiciennes interviennent :

— Et, cette nuit, nous avons…

— … rêvé de dragons.

— Oh ! souffle Cham.

Des images de bataille lui reviennent en mémoire, les premières que le cristal-qui-voit lui a montrées. Une troupe d'Addraks était repoussée grâce à l'arrivée d'un dragonnier. Le garçon commence à comprendre.

– L'armée du roi Bertram est forte de vingt-sept dragons, dit-il. Les Addraks n'en ont pas ; ils ne possèdent que la strige. Cette créature est redoutable, mais on a réussi à la chasser quand elle a attaqué le roi. Les Addraks ne sont pas assez puissants pour conquérir le royaume d'Ombrune. Ils ont besoin d'avoir des dragons. Ils savent sûrement que maman a le don de leur parler…, et moi aussi !

Messire Onys échange un long regard avec les magiciennes.

– Cet enfant…

– … a vu juste, déclarent-elles gravement.

Le Maître Dragonnier décide :

– Cham, tu vas rester quelque temps au palais. Tu y seras plus en sécurité que dans ton île. Je vais faire prévenir ton père pour qu'il ne s'inquiète pas. Un alcyon voyageur lui portera mon message.

– S'il vous plaît, s'écrie alors le garçon,

n'écrivez rien sur maman! Papa ne sait pas encore qu'elle est en vie!

Messire Onys lève un sourcil étonné. Puis il acquiesce en silence.

Réfugié dans une stalle de la Dragonnerie royale, Cham appuie sa joue sur le cou rugueux du jeune dragon:

–J'ai peur, Nour! Je voudrais rentrer chez moi, dîner dans notre cuisine, avec Nyne et papa. Je voudrais que tout soit comme avant…

«Avant quoi, petit maître? Avant que tu aies découvert que tu voulais être dragonnier? Ta vie était-elle vraiment plus intéressante?»

– Elle était… tranquille.

«Hmm, c'est vrai. Ramasser les œufs des poules, nourrir les cochons…»

– Ne te moque pas, Nour! Je veux toujours être dragonnier! Seulement, ce qui m'arrive, c'est trop effrayant, trop compliqué… Tu me protégeras, hein?

«Allons, tu sais bien quel est mon nom, c'est toi qui me l'as donné!»

– Oui, je sais. Tu es Nour, «le Vaillant»! Mais moi, je suis Cham, et je n'ai que dix ans.

Un ronronnement rauque sort alors de la gorge du dragon:

«Bientôt onze, petit maître! Bientôt onze… Et l'avenir est devant toi!»

Retrouve vite Cham et Nyne
dans la suite des aventures de

Les dragons de
Nalsara

Tome 8
Sortilèges sur Nalsara

Cham n'a quitté l'île aux Dragons que la veille; pourtant, Nyne s'ennuie déjà de son frère. Lorsqu'un alcyon voyageur apporte un message du palais, la petite fille s'alarme aussitôt: est-il arrivé quelque chose?

Elle attend avec anxiété que son père ait déplié le mince papier. Il lit, les sourcils froncés. Comme il reste silencieux, Nyne l'interroge:

— Qu'est-ce qui est écrit, papa? Cham ne revient pas?

Antos se racle la gorge, puis il répond avec un petit rire:

— Eh bien, on dirait qu'ils ne peuvent plus se passer de ton frère, au palais! Messire Onys tient à nous rassurer: Cham va bien, mais les magiciennes souhaitent le garder quelques jours auprès d'elles.

—Pour quoi faire?

L'éleveur de dragons hausse les épaules:

—Le message ne le précise pas.

Pinçant gentiment la joue de sa fille, il ajoute, moqueur:

—Il te manque donc tant que ça, ce garnement? Moi, au moins, pendant ce temps, je ne vous entendrai plus vous chamailler!

—On ne se chamaille pas si souvent, quand même..., grommelle la petite fille.

Antos fourre le papier dans sa poche et lance:

—Allez, va soigner tes lapins, et ne t'en fais pas pour ton frère! Lui, tu sais, quand il est avec ses chers dragons...

Nyne opine d'un hochement de tête. Elle décroche sa pèlerine et se dirige vers la grange. Son père s'est efforcé de prendre un ton léger; malgré cela, elle a bien senti qu'il était inquiet. Elle aussi est inquiète. C'est bizarre que le message n'en dise pas plus. Que s'est-il passé, au palais? Que veut-on leur cacher?

Tout en garnissant de paille propre les clapiers de ses lapins angoras, Nyne ne cesse de tourner ces questions dans sa tête. Soudain, une idée lui vient: si elle essayait de communiquer avec Cham?

Elle court vers la maison. À cette heure, son père est à la bergerie; elle sera tranquille.

Nyne monte en hâte dans sa chambre et s'empare de son miroir. Elle se penche sur la surface de verre qui reflète son visage clair, ses yeux emplis d'attente. Comme à chaque fois, les paroles de messire Damian lui reviennent en mémoire: «Ta mère m'a offert ce miroir, avant son départ pour l'île… Elle m'a dit: "Gardez-le en souvenir de moi. Lorsque vous en aurez besoin, il réfléchira pour vous." C'est pour toi, Nyne, qu'il réfléchira désormais.»

À voix basse, la petite fille implore :

— S'il te plaît, miroir, réfléchis ! Cham est loin d'ici, mais il a le cristal-qui-voit. Le cristal aussi, c'est du verre qui montre des images. Appelle mon frère, miroir ! Tu le peux, j'en suis sûre ! S'il te plaît, miroir !

Au bout de quelques secondes, l'objet frémit légèrement. Cela ne s'est encore jamais produit. Nyne a l'impression que... Oui, c'est ça : le miroir fait un effort ! À mesure que des vapeurs se forment et tournoient sous la surface lisse, il tremble davantage. La petite fille doit le serrer fermement entre ses mains pour qu'il ne lui échappe pas. Le cœur battant, elle regarde de tous ses yeux.

Le miroir a un dernier sursaut, puis il se calme, tandis que l'espèce de brouillard qui l'a envahi se dissipe lentement, révélant une grande pièce que Nyne reconnaît : le bureau de messire Onys, le Maître Dragonnier. Il n'y a personne. Sur la table de travail, encombrée de documents, est posé un coffret de plomb. C'est celui qui renferme le cristal-qui-voit.

Alors, un étrange phénomène se produit : le regard de Nyne perce l'épaisseur du lourd métal. La boule de verre lui apparaît. Un point de lumière s'allume en son centre ; il grossit, devient une masse claire qui tourne sur elle-même. Puis un contour se dessine ; des ombres modèlent peu à peu... un visage ! C'est le sien, celui de Nyne !

La petite fille reste muette, face à son double qui la fixe sans ciller. Que doit-elle faire, à présent ? Dans un souffle, elle lâche :

– Cham...

Et, au cœur de la boule de verre, la bouche de l'autre Nyne articule : « Cham... »

Elle a compris ! Le cristal-qui-voit va enregistrer ce qu'elle a à dire ! Il le répétera à son frère quand il sera de retour !

Tout excitée, elle débite :

– Cham ! On peut communiquer ! Confie

ton message pour moi au cristal, il l'enverra à mon miroir ! Qu'est-ce qui se passe au palais ? Est-ce que tu as des ennuis ? Que veulent les magiciennes ? Dis-moi tout, Cham, s'il te plaît, je me fais du souci ! Dis-moi si…

À cet instant, l'autre Nyne, qui, jusque-là, semblait prononcer les mêmes paroles, disparaît d'un coup. La véritable Nyne n'a plus devant les yeux que l'image du sombre coffret de plomb. Elle s'efface à son tour, et le miroir reflète de nouveau un petit visage encadré de longs cheveux noirs.

« J'ai été trop bavarde… », pense Nyne, presque amusée.

Curieusement, ses craintes se sont apaisées. Son frère va recevoir le message, et il répondra ! S'ils peuvent se « parler » malgré la distance, tout ira bien !